An manchen Tagen bin ich
so richtig glücklich,
und an anderen Tagen bin ich
ein wenig traurig.

Aber jetzt suche ich an den Tagen,
an denen ich ein bisschen traurig
bin, nach einem Weg, um wieder
glücklich zu werden.

Wenn es draußen kalt ist und

mein Papa und ich Ordnung machen,

und wenn wir einen großen,

gestreiften Sack mit Blättern füllen,

und wenn er ein ganz besonderes

Blatt für mich aussucht,

eins, das schöner, dunkler

und röter ist als alle anderen.

Wenn mein Papa und ich

Fußball mit dem raschelnden

Herbstlaub spielen und

zwischen den Bäumen

die Blätter aufwirbeln, …

… dann bin ich glücklich!

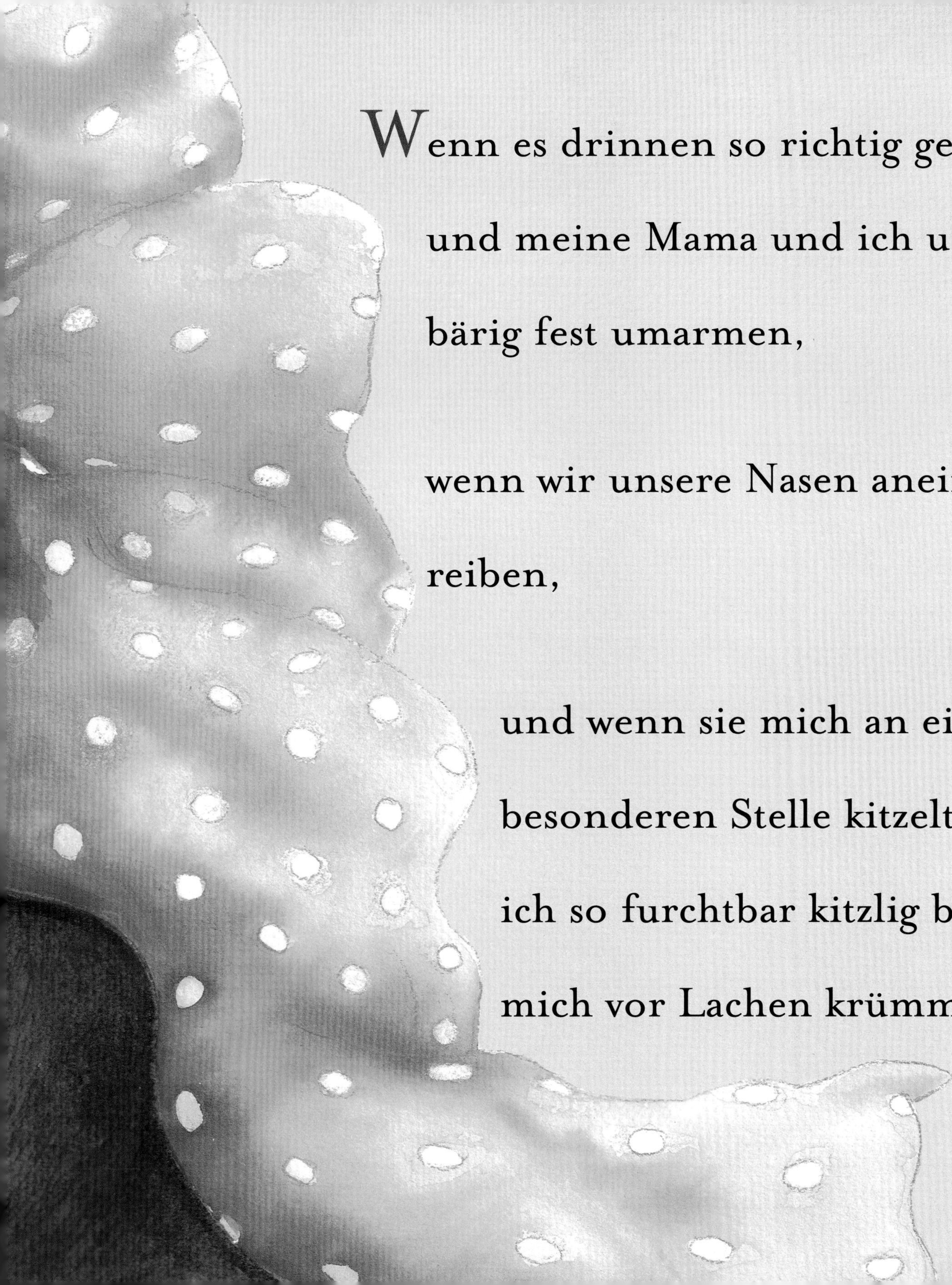

Wenn es drinnen so richtig gemütlich ist
und meine Mama und ich uns ganz
bärig fest umarmen,

wenn wir unsere Nasen aneinander
reiben,

und wenn sie mich an einer ganz
besonderen Stelle kitzelt, dort, wo
ich so furchtbar kitzlig bin, dass ich
mich vor Lachen krümme.

Wenn Mama mir dann den

dicksten Kuss von allen gibt,

und wenn ich mich recke und strecke, um

ihr einen dicken Kuss zurückzugeben,

aber nicht ganz so dick, weil mein Mund ja

noch ziemlich klein ist, …

… dann bin ich glücklich!

Wenn es draußen dunkel ist
und mein Papa und ich durchs Fenster schauen,

wenn er meine Hand nimmt und zum
Nachthimmel hinaufzeigt,

und wenn er einen ganz besonderen
Stern für mich aussucht,
einen, der größer ist und heller leuchtet als
alle anderen Sterne.

Wenn mein Papa und ich dann alle Sterne am Himmel zählen und er mir sagt, dass es mehr als 119 sind,

aber ich kann nicht weiter zählen, …

… dann bin ich glücklich!

Wenn es drinnen warm ist und meine Mama und ich
bunte Bücher durchblättern,

wenn wir all die Bilder anschauen,

und wenn sie ein ganz besonderes
Buch für mich aussucht, weil es unser
Lieblingsbuch ist,
einfach das schönste Buch
von allen.

Wenn meine Mama mir die
fantastische Geschichte vorliest
und ich schon einige Wörter
lesen kann,

vor allem die Wörter, in denen
Buchstaben aus meinem Namen
vorkommen, …

… dann bin ich glücklich!

Wenn es überall dunkel ist

und ich mich an Mama und

Papa kuschele (auch wenn sie

schon schlafen)

und in ihren Küssen bade,

mir immer noch selber

Geschichten erzähle,

die Sterne am Himmel betrachte

und von leuchtend roten

Blättern träume, …

… dann sind wir glücklich!